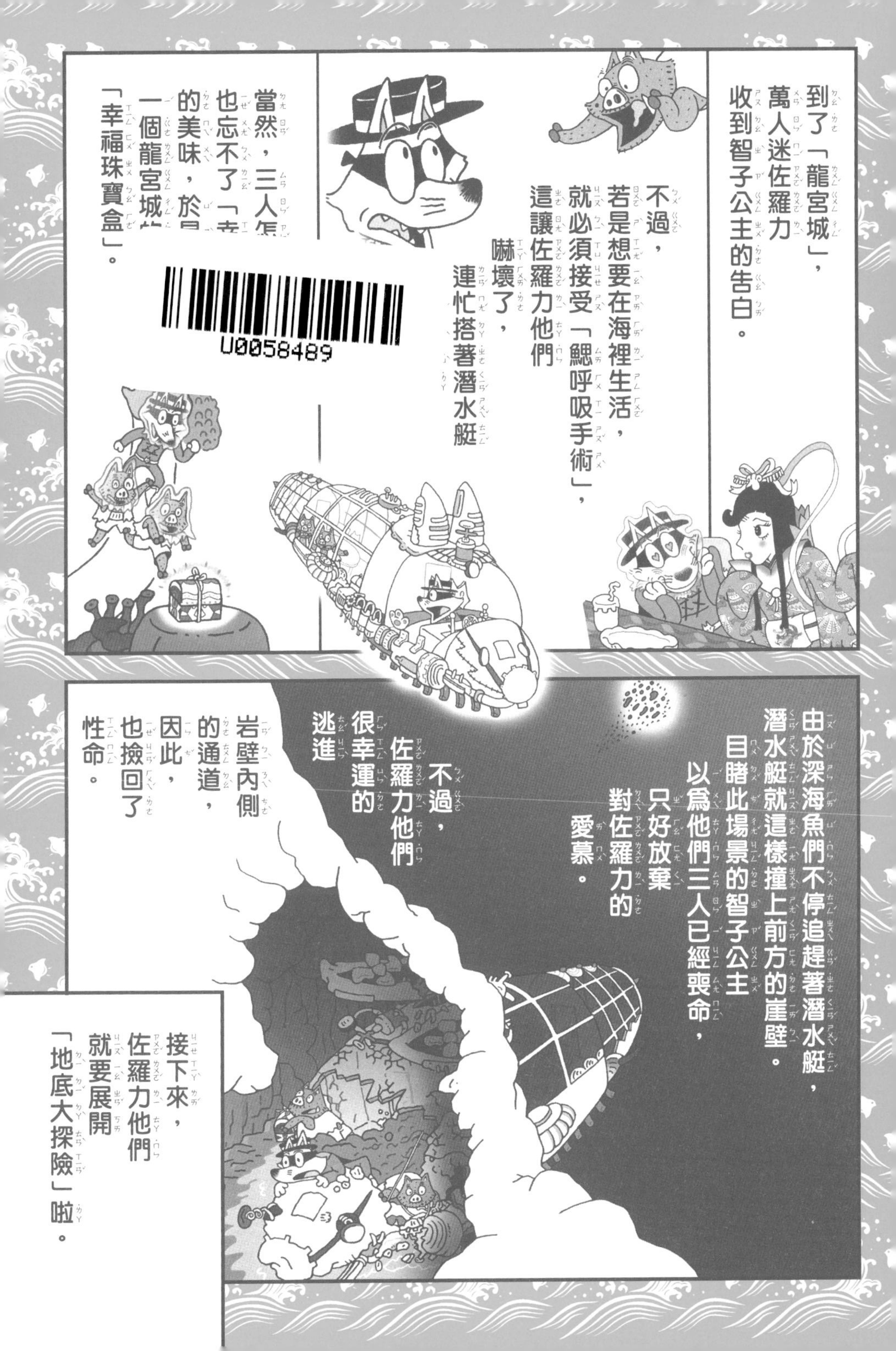
到了「龍宮城」，萬人迷佐羅力收到智子公主的告白。
不過，若是想要在海裡生活，就必須接受「鰓呼吸手術」，這讓佐羅力他們嚇壞了，連忙搭著潛水艇
當然，三人
也忘不了「
的美味，於
一個龍宮城
「幸福珠寶盒」。
由於深海魚們不停追趕著潛水艇，潛水艇就這樣撞上前方的崖壁。目睹此場景的智子公主以為他們三人已經喪命，只好放棄對佐羅力的愛慕。
不過，佐羅力他們很幸運的逃進岩壁內側的通道，因此，也撿回了性命。
接下來，佐羅力他們就要展開「地底大探險」啦。

怪傑佐羅力之
地底大探險

文·圖 **原裕** 譯 周姚萍

從撞毀的潛水艇
逃出來的佐羅力三人，
總算順利的從地底
那個廣闊的洞穴脫身。

三個人逃出來以後，
抬頭往上一看——

在很高、很高的洞穴上方隱隱約約透出亮光。

那一定就是通往地面的出口。

不過，想要抵達那個出口，得要先爬上一片高聳險峻的崖壁。

三人決定要想辦法找出稍微容易攀爬的路徑。

於是佐羅力跑往洞穴深處尋找。

而伊豬豬和魯豬豬，

伊豬豬，你說之前有人來到像這地底這麼深的地方嗎？
一定是我們最先的啦。嗯，不如就先來留個證據當作紀念吧。
則是彼此這樣交談著——

他們將特別從潛水艇帶過來的毀損零件，與堆疊起來的石塊組裝在一起，便完成了像這樣的作品。

看，很酷吧？
我們可是最先到達地底這邊的人，
叫我們第一名啦。

他們兩個對於完成這個傑作，感到洋洋得意。

「喂，你們過來這邊看一下。」

一聽到佐羅力興奮的呼叫聲，伊豬豬和魯豬豬立刻跑過去，想看看究竟是怎麼回事。

原來——

就是啊。之後抵達的探險隊看到這個，一定會因為有人比他們先到達，而恨得牙癢癢的。

這個洞穴是一條由岩石組成的隧道，裡面有各式各樣的寶石，閃耀著燦爛的光芒。

「喂，再往裡面走還有更多耶。你們一顆都別漏掉，一邊撿、一邊跟在本大爺後面。」

佐羅力

將撿到的寶石用披風包起來，繼續往洞穴的深處走去。

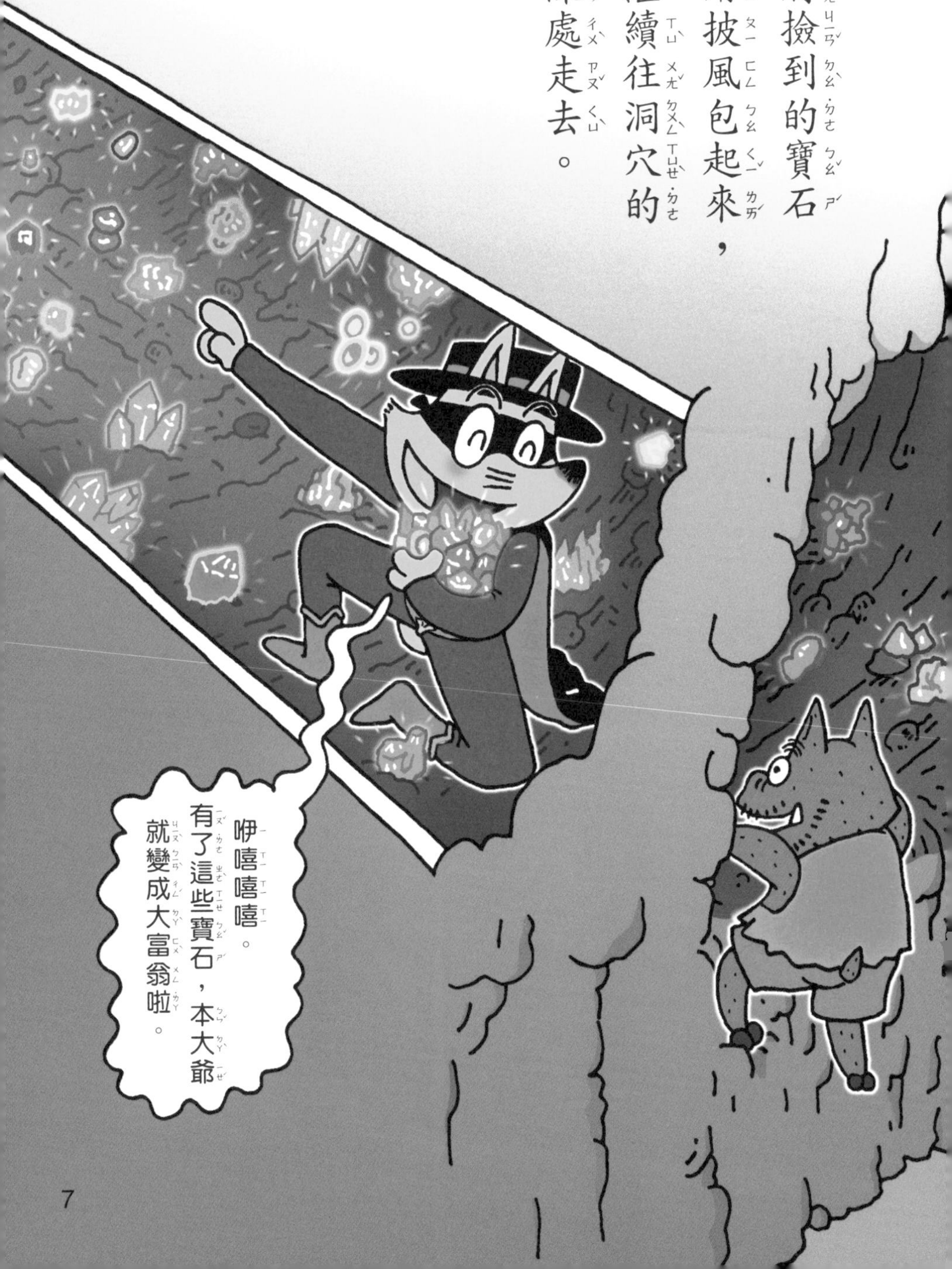
咿嘻嘻嘻。有了這些寶石，本大爺就變成大富翁啦。

三人揮著汗水，
拚命收集寶石，
轉眼間，佐羅力的披風
已經裝得滿滿的。
他將裝滿珠寶的披風
綁在脖子上，
朝著洞穴深處中，
閃爍著豔麗紅光的地方前進。

你們快看，那一定是巨大紅寶石所散發出來的光芒，它正等著本大爺去帶它走呢。

貪心的佐羅力，
一邊抹掉滿頭大汗，
一邊朝著發紅光的地方
興奮得飛奔過去。
接著，

嗚哇。

佐羅力的身影突然消失。
伊豬豬和魯豬豬
連忙慌張的
跑過去一看，

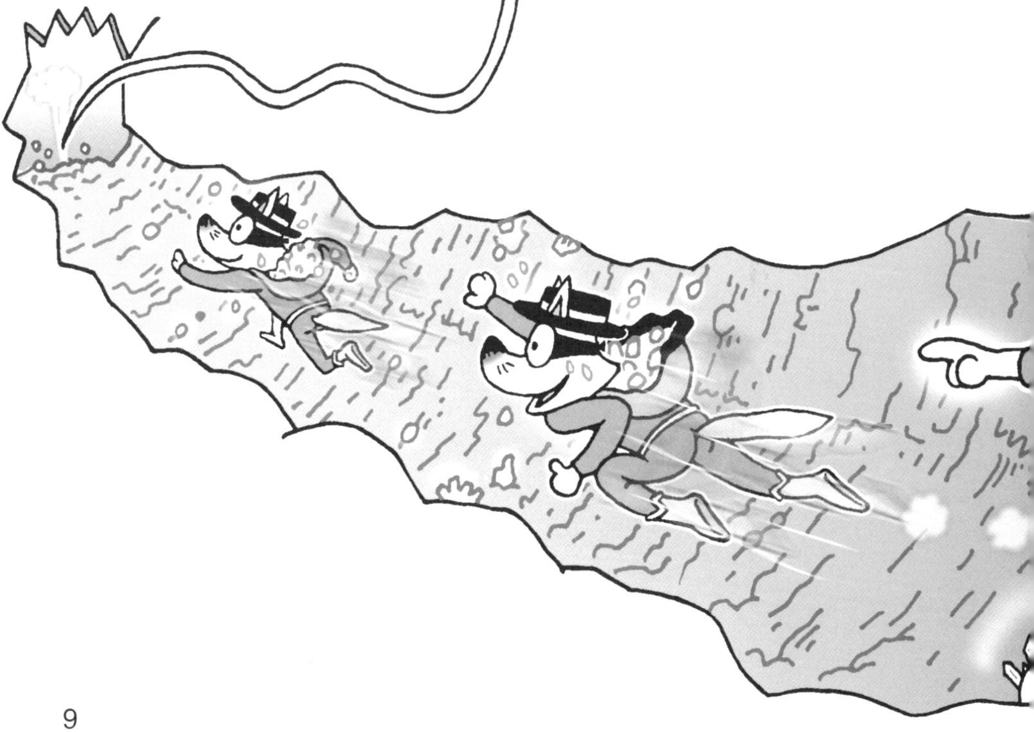

發現佐羅力正緊緊抓住崖壁上的小小凸出點。

而崖壁底下有火紅的沸騰熔岩

在等著他。

「佐羅力大師，快抓住我！」

伊豬豬伸出了手，

可是佐羅力身上的披風裡，

裝著如小山一般的寶石，

沉重的負荷將佐羅力的脖子

勒得緊緊的，

幾乎快要
不能呼吸了。
「佐羅力大師，
把那些寶石丟了啦。
只要讓寶石掉進熔岩裡，你就可以得救哇——」
佐羅力聽到魯豬豬悲痛的喊叫聲，
只好以最後僅存的
一點力氣解開
披風的綁帶。

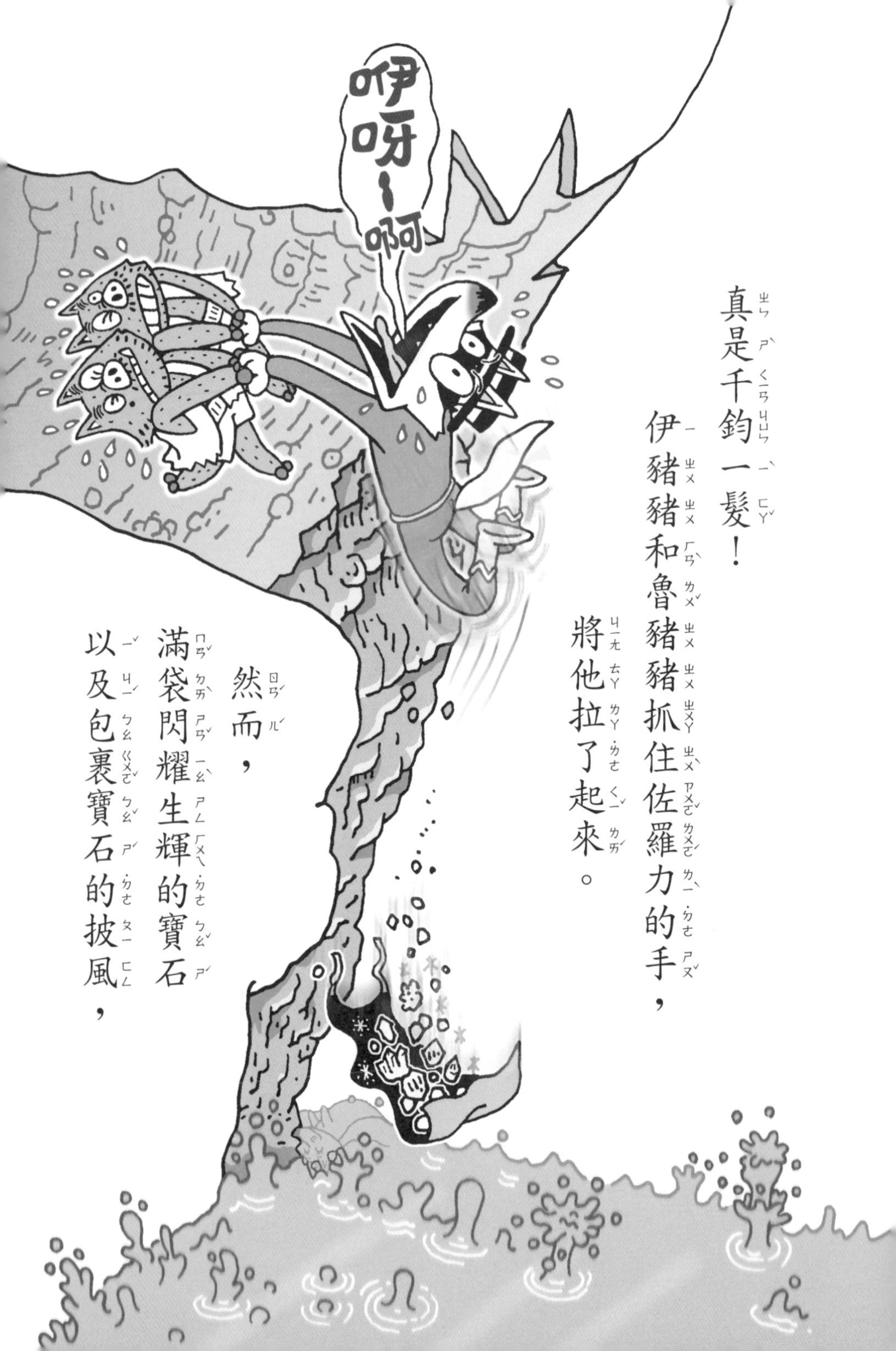

真是千鈞一髮！

伊豬豬和魯豬豬抓住佐羅力的手，
將他拉了起來。

然而，
滿袋閃耀生輝的寶石
以及包裹寶石的披風，

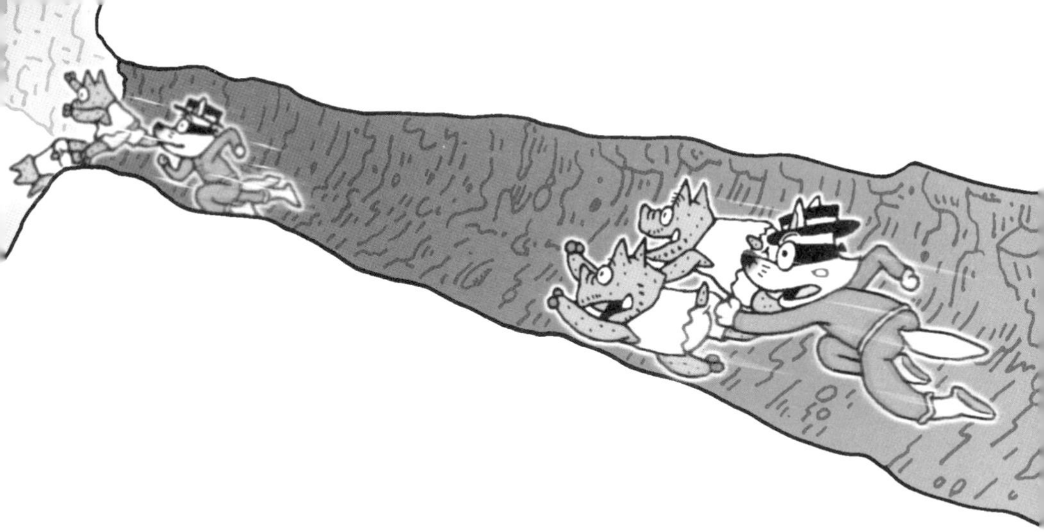

卻在轉瞬間

全部一起墜入

火紅的熔岩海，

消失得無影無蹤。

佐羅力他們連沮喪的時間都沒有，

因為下方熔岩快要把他們烤乾了。

「熱、熱、熱死了——」

他們三個命在旦夕，

只能趕緊逃回剛才的洞窟廣場。

隔著這塊岩壁的
另一頭就是熔岩海。

要是岩石崩裂，
火熱的岩漿
全部流入這個廣場，
也不需感到詫異。
所以一刻都不容遲疑，
一定要趕快想辦法
回到地面上才好。

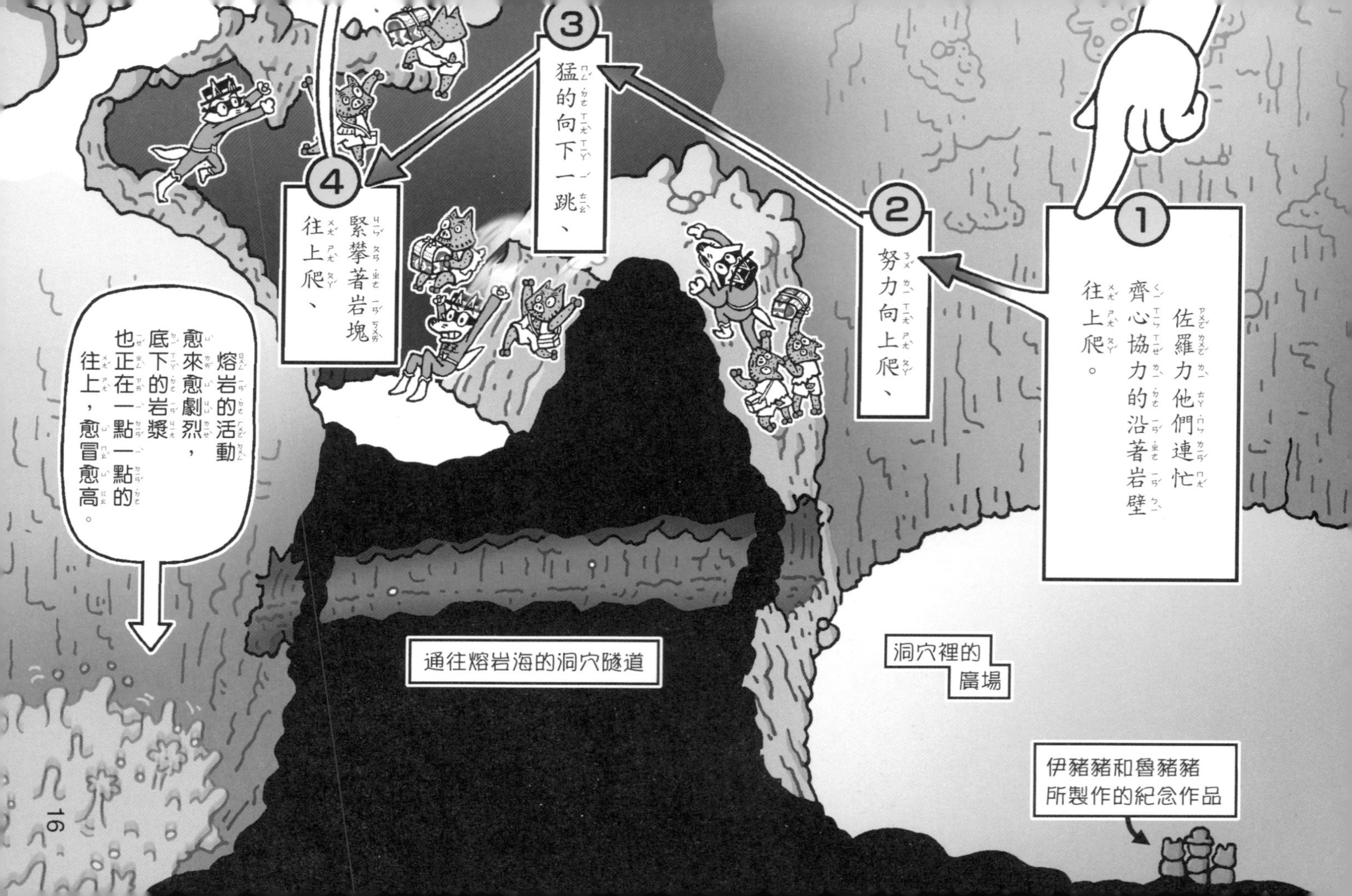
①佐羅力他們連忙齊心協力的沿著岩壁往上爬。
②努力向上爬、
③猛的向下一跳、
④緊攀著岩塊往上爬、
熔岩的活動愈來愈劇烈，底下的岩漿也正在一點一點的往上，愈冒愈高。
通往熔岩海的洞穴隧道
洞穴裡的廣場
伊豬豬和魯豬豬所製作的紀念作品

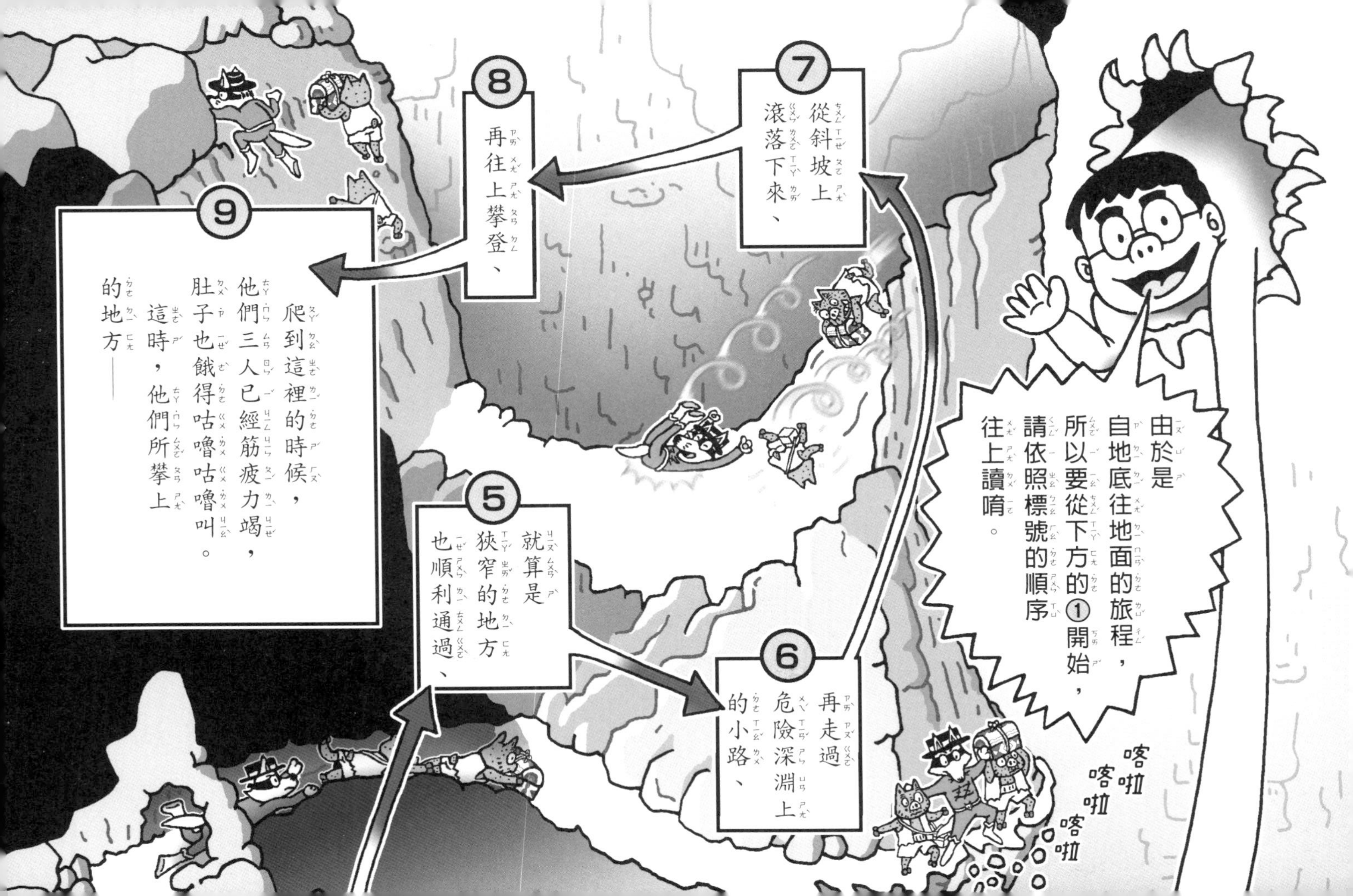
由於是自地底往地面的旅程，所以要從下方的①開始，請依照標號的順序往上讀唷。
喀啦喀啦喀啦
⑤就算是狹窄的地方也順利通過、
⑥再走過危險深淵上的小路、
⑦從斜坡上滾落下來、
⑧再往上攀登、
⑨爬到這裡的時候，他們三人已經筋疲力竭，肚子也餓得咕嚕咕嚕叫。這時，他們所攀上的地方——

是有著一座座可愛房屋的小村莊。

「我已經走不動了。」

「我也是。」

伊豬豬和魯豬豬

癱坐在公園的長椅上。

「好吧，那就借用這裡的椅子，

先來填飽肚子吧。」

兩人都贊同

佐羅力的提議。

伊豬豬迅速的將那個
從龍宮城帶來的珠寶盒拿出來，
放在膝蓋上。
三人全都緊盯著珠寶盒看，
忍不住嚥了嚥口水。
這裡面就是那個
塞滿各種美味料理，
名為「幸福珠寶盒」的便當。
正當伊豬豬想打開盒蓋時——

一大群
小小的地底人
紛紛帶著畏懼的表情，
從佐羅力他們的腳下
飛奔而過。
而且，就這樣
直奔自己的家門，
叩咚一聲

用力的
將門關上。
發生了什麼事呢？
佐羅力他們

戒慎恐懼的
轉過頭，
望向地底人剛才一起
奔過來的那個方向。
天哪——

有一個巨男，
正一邊擊碎身旁的岩石，
一邊朝這兒大步走來。
看到這樣的情況，佐羅力他們
哪裡還能繼續悠哉悠哉的
坐在長椅上呢？
佐羅力往村落四處張望，
有一幢不同於一般房屋的

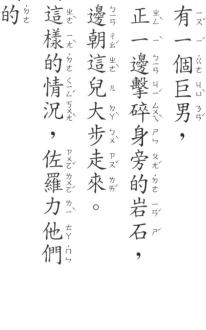

巨大建築物映入眼簾。而且他們的運氣很好，建築物的大門沒關上，應該可以躲進裡頭避難。佐羅力他們匆匆忙忙跑了進去，

關上大門，屏住氣息，等著那個長相凶惡的巨男經過。

然而，那個巨男卻一把推開門走了進來！看來，這幢建築物正是儲藏食物的倉庫，而肚子餓得癟癟的巨男，似乎也是從一開始就以此地為目標。

那個巨男進門後就一屁股在倉庫正中央坐下來，把身邊拿得到的蔬菜和穀物一一吃進肚子裡。此時大門還開著，要逃命的話就得趁現在。

很幸運的，佐羅力三人躲藏的地方距離出入口很近，正當他們準備溜之大吉的時候，

伊豬豬卻因為踩到東西而絆倒了。

巨男轉頭一看，他以迅雷不及掩耳的速度朝伊豬豬伸出手。

「這下完了！」

佐羅力隨即抓住伊豬豬的脖子，與魯豬豬一起急速往外飛奔。

結果——

發現情勢轉變的地底人，
這時也全都一起飛快跑過來，
幫助佐羅力他們關上倉庫大門。
地底人的村長向他們
鞠躬感謝說：

那個巨男很難對付，我們一直不曉得該怎麼辦。
現在總算可以暫時關住他了。
不知道你們幾位是誰，
我在此對各位表達感謝。

本大爺名叫佐羅力，我們正在旅行途中，剛好經過此處想稍微休息一下。
是吧？伊豬豬、魯豬豬。

佐羅力一轉頭，卻發現待在魯豬豬身邊的並不是伊豬豬，而是一個裝地瓜的袋子。

「等、等一下，難道本大爺救出來的……」

是的。佐羅力以為自己是抓著伊豬豬逃出來，
沒想到卻是救了這袋地瓜。
佐羅力忍不住雙手抱頭
感到懊惱不已，這時，

哇——拜託你不要吃，
求求你放過——

由倉庫裡面傳來了
伊豬豬發抖的聲音。
佐羅力急著想跑去打開大門，
卻遭到地底人阻止。

這些地底人

實在太害怕那個凶惡的巨男了。

就在這個時候，

倉庫裡面又發出一聲

「碰」的爆裂聲，之後便什麼聲音

也聽不到了。

佐羅力再也按捺不住，

他一把推開地底人，

猛力將大門打開。

伊豬豬～
註 珠寶盒
•浦島太郎就是在珠寶盒冒出煙霧的瞬間變老。

屋子裡面的巨男，一下子變得很老很老，
他的頭髮和鬍子全都變白了。
隱隱約約仍看得見巨男身邊，
繚繞著從打開的珠寶盒裡
所冒出的白煙。

「怎麼搞的……」

哎呀呀，那個珠寶盒
並不是美味的便當，
而是浦島太郎
曾經打開過的，
那種真正的
龍宮城珠寶盒。

不過，
他們到處都看不到伊豬豬的蹤影。
一定是巨男在打開珠寶盒之前，
就已經大口將他吞進肚子裡了。
地底人把步履蹣跚、走不動的巨男
從倉庫拉了出去。
巨男拿著樹枝當作拐杖，
彎腰駝背、動作遲緩的
離開村子。

「哇！」地底人欣喜若狂的發出巨大歡呼聲。

他們很高興從今往後村子再也不會遭受到那個凶惡巨男的襲擊破壞。

佐羅力他們也成了村民們的英雄。

地底人從倉庫裡搬出最好的食材，大家一起用心烹煮出

村中最美味的盛宴，
盛情招待佐羅力和魯豬豬。
可是即使被再誘人的食物香氣圍繞，
佐羅力和魯豬豬
因為失去伊豬豬
而流下的悲傷淚水，
卻是停也停不了，
連一點點食慾也沒有。
突然從後方

佐羅力大師、魯豬豬，你們趁我睡著的時候，偷偷吃大餐，這樣很過分耶。
傳來了伊豬豬的聲音。
咦？
佐羅力和魯豬豬一轉頭，
在距離他們不遠處，從那個裝著南瓜的袋子裡露出伊豬豬睡眼惺忪的臉龐。
哇——是伊豬豬。
佐羅力和魯豬豬，緊緊的抱住了伊豬豬。
你們兩個是怎麼了？
你在倉庫裡大喊「拜託你不要吃」，然後就這樣不見人影，我們還以為你被那個巨男吃掉啦。

那是因為巨男
把那個珠寶盒便當搶走，
我才會不知不覺
的大喊，
哇——拜託你
不要吃！
後來我覺得很害怕，
就鑽進旁邊的袋子躲起來。
等到我醒過來，
就已經在這裡了。

吃呀吃呀
嚼啊嚼啊
喝吧喝吧
咕嚕咕嚕
既然伊豬豬已經
平安無事，
佐羅力和魯豬豬
也瞬間感覺到
肚子餓了。
他們三人
盡情的
又吃又喝、
又唱又跳，
澈底與地底人
一起歡樂相聚。
之後——

香香甜甜的睡過一覺之後，
佐羅力三人都恢復精神，顯得神采奕奕。
他們向地底人告別，準備出發，
要繼續往地面前進。
村長聽了對他們說：「由於你們拯救了整個村子，
我想送上一樣東西當作謝禮。」

啊，這樣的話，那我想要「葛籠」。

剛才伊豬豬
清清楚楚的

看見了在倉庫的角落裡，出現「大葛籠」與「小葛籠」的蹤影。

「既然如此，我會建議三位選擇『小葛籠』。」聽到村長這麼說，佐羅力立刻將伊豬豬和魯豬豬叫到身邊商量，召開緊急會議。

「果然是建議我們選『小葛籠』啊，
一定是擔心我們
拿走『大葛籠』很可惜。
不過，我們知道實際的狀況，
才不會受騙呢——嘻嘻呵呵。」

那個故事是很久很久以前
人們道聽塗說流傳下來的，
不能相信。
現在的那個
『大葛籠』裡面裝的
絕對是
寶藏沒錯。

他們三個來到這裡之前，就曾經聽妖怪學校的老師提起過「葛籠」裡面裝的是什麼，並且記得一清二楚。

如果大「葛籠」和小「葛籠」裡面裝的都是金銀珠寶，那麼不選「大葛籠」，豈不是虧大了。

「不管怎樣，都請給我們『大葛籠』！」

佐羅力他們十分堅持。

「好的，既然三位都這麼說了，那就請帶走『大葛籠』吧，不過，

帶著「大葛籠」上路的話，行動會很吃力，
不如就讓我的夥伴們一起幫忙搬運，
也同時為你們帶路到地面
附近吧。」

那真是太感謝了。
如果你們特別跑了這麼一趟，
那不如也順道去地面上瞧瞧呀。
本大爺在比這裡還深的地底下發現
看起來就快要大爆發的熔岩。
那麼可怕的事就不用多說了，
大家還是別再居住在這種沒保障、
又潮溼悶熱的地底啦，

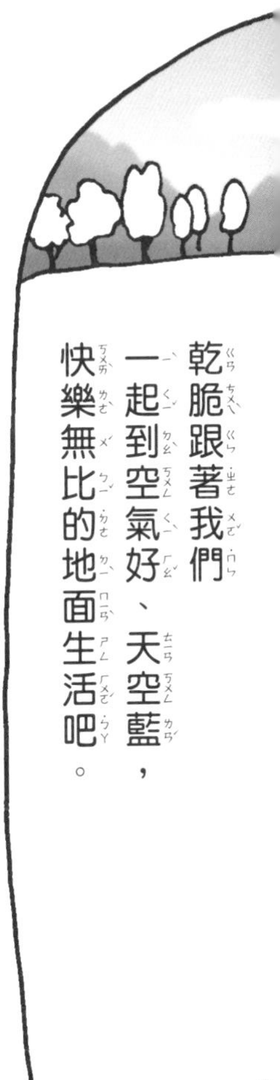
乾脆跟著我們
一起到空氣好、天空藍，
快樂無比的地面生活吧。

「地上真的那麼適宜居住呀。
那就讓他們先幫我去看看，
我再好好考慮一番吧。」

村長說完，挑選了十位年輕力壯的地底人作為佐羅力他們的隨行者，同時替三人搬運「大葛籠」。

對地底人來說，這一帶就好像是他們的院子。比起一路摸索著前進爬行的佐羅力三人，地底人在往地面移動時，行動相當輕鬆與穩健。

會發光的苔蘚
把會發光的苔蘚收集起來，揉成一團。
就可以用來代替手電筒作為照明。
石油
生物被地底或湖底的泥土掩埋，因為受到地底下的熱與壓力而形成的油。這些油會一點一點的滲上來，最後累積在這裡。
地底人的田地
由上方種植作物，再於下方採收根部。
地底人的村子

這裡依然是一張全景圖，所以與第16頁和第17頁一樣，要由下往上讀喔。
在他們一邊挖土、一邊前進的過程中，地底人突然開始喧鬧。狀況不太對勁。原來——
遇到地底下的大水窪，就戴上海龜給他們的水母頭罩，潛水游過去。
煤炭
以前的植物被埋到了地底下，因為熱與壓力的緣故，經過很長很長的時間之後，就變成了炭狀物。

佐羅力他們誤闖入火蟻的巢穴之中。
糟了，是火蟻！聽說被牠們咬到的話有可能會死掉。快點避開牠們逃走吧。
不，已經來不及了。
就如同地底人所說的，他們已經被火蟻團團圍住了。
沒想到這裡居然有火蟻巢穴！我們已經不行了。

佐羅力整個人都驚呆了。

而且，

就在這個當下，

火蟻大軍攻來、步步進逼。

接著，想不到地底人竟然

「嘩——」的一聲，

丟下了佐羅力他們，

紛紛往四面八方散開。

什麼——！
你、你說什麼
不行了——
沙唰沙唰沙唰
哇啊——！
你們別
丟下我們呀——

就在佐羅力大聲

發出哀鳴時——

地底人伸出前端分岔的長長舌頭，
開始瘋狂吃火蟻。
就在佐羅力他們看得目瞪口呆的時候，
十位地底人已經在轉眼間，將火蟻大軍全部吃光光，
最後才回到他們身邊。

「嘿嘿嘿，真的很不好意思，吃相有點難看。
這就是我們最愛吃的食物哇。
所以一看到火蟻，
我們就覺得不行了、控制不了了，

根本忍不住不撲上去吃啊。」

「原來你們說的『不行了』，

是這個意思啊。」

佐羅力他們聽了地底人的說明

感到非常吃驚，

不過也因為能從火蟻的攻擊中全身而退，

反而鬆了一口氣。

大家就這樣平安無事的通過火蟻巢穴，

來到了——

一個堆滿了恐龍骨骸的地方。
這個地方，
往後可以看見廣闊的水池，
以及呈現垂直的
陡峭岩壁。
佐羅力他們
一邊聽著
對恐龍很了解的
地底人波龍的說明，

這裡叫做「恐龍墳場」。過去曾經流傳著一種說法，聽說恐龍到了年老之後，會將這裡當成迎接死亡之地，因此才有這麼多的骨骸聚集在此。
這就是三角龍的頭骨。

一邊越過那座
由恐龍骨骸所堆積而成
的骸骨山，
終於來到岩壁前。
這時，
這個是霸王龍。
這是始祖鳥。

地底人靠著剛剛用來吃火蟻的長舌頭，
啪答啪答啪答啪答啪答，
很輕巧的黏住岩壁，
快速往上爬。

啪答
啪答
啪答
啪答

等到他們抵達上方的
一個洞穴之後，便說：

來吧，佐羅力先生，您與您的夥伴們從這裡過來可以縮短路程，請快點爬上來吧。

儘管地底人這麼說，
但是佐羅力他們
並沒有像地底人
那樣的舌頭
可以使用。

看起來連手指使力的地方都沒有的光溜溜崖壁，他們即使再怎麼努力也爬不上去呀。

「喂，還有沒有別的路上去啊？」

佐羅力有點難為情的這樣問。

這時，正往下眺望「恐龍墳場」的波龍，從岩壁上方傳來說話的聲音。

「好，全都齊了，開始做那個吧。」

波龍好像有什麼好點子。

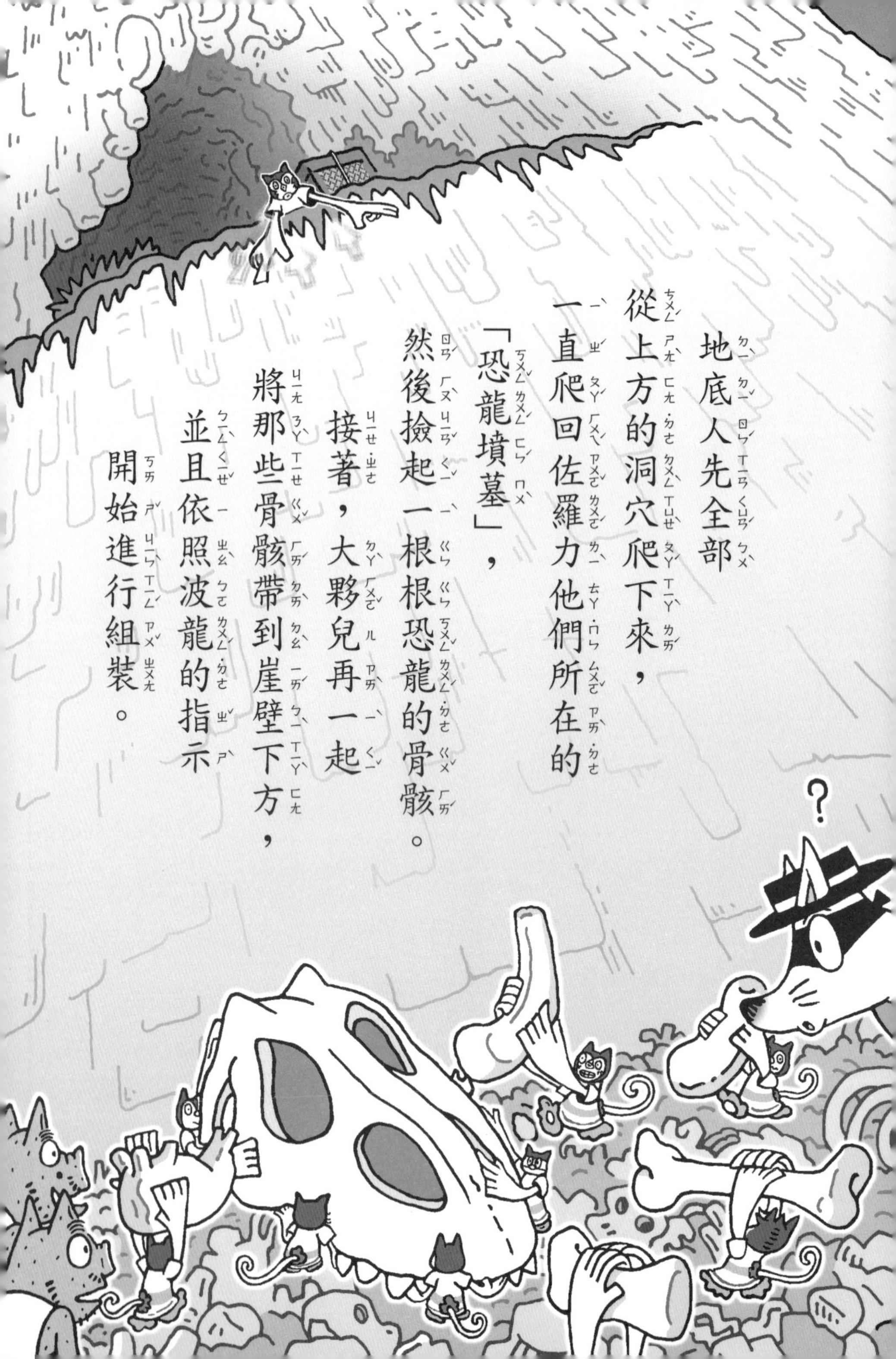

地底人先全部
從上方的洞穴爬下來，
一直爬回佐羅力他們所在的
「恐龍墳墓」，
然後撿起一根根恐龍的骨骸。
接著，大夥兒再一起
將那些骨骸帶到崖壁下方，
並且依照波龍的指示
開始進行組裝。

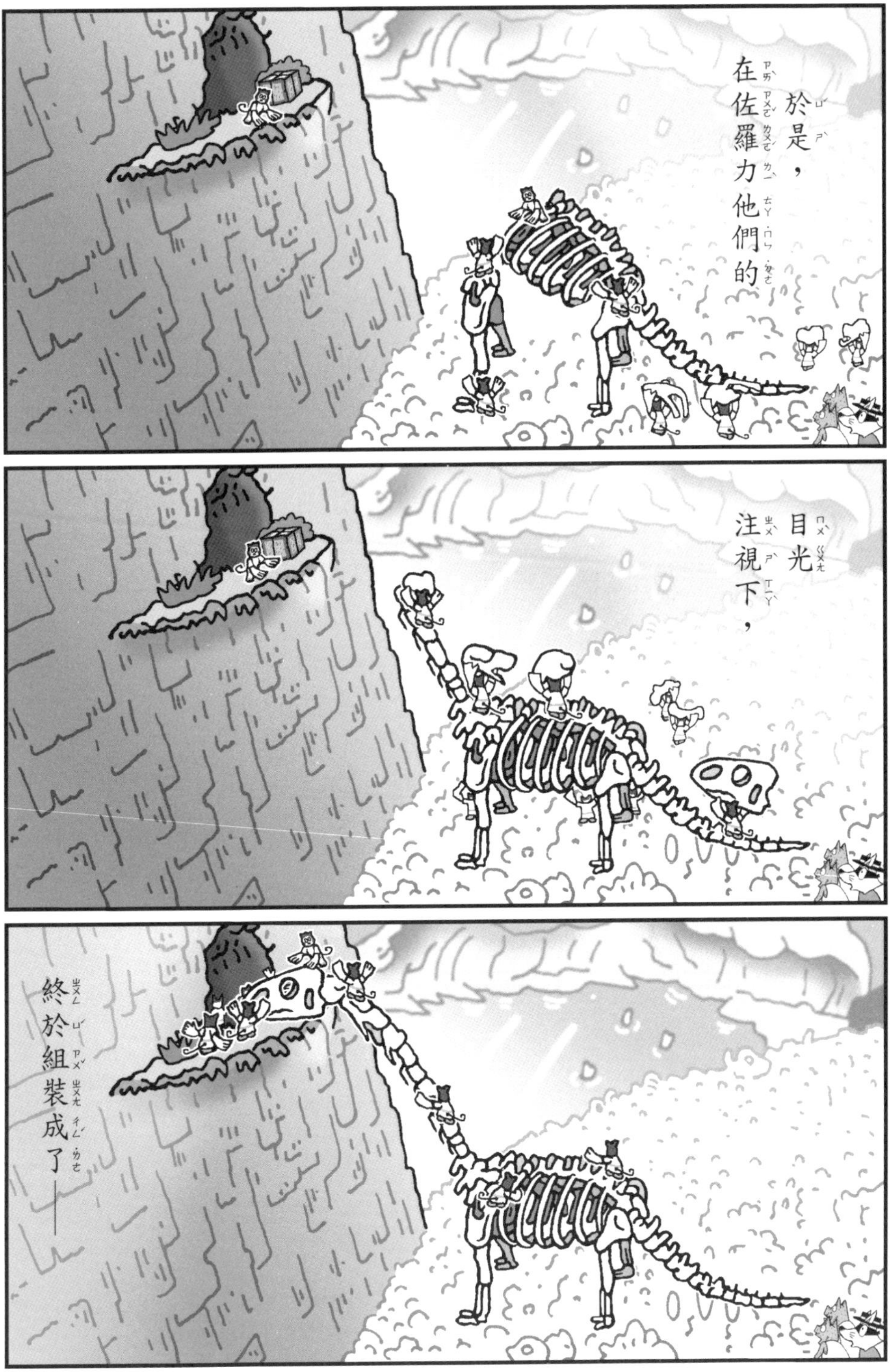
於是，
在佐羅力他們的
目光
注視下，
終於組裝成了——

一具完美的腕龍骨架。

仔細一看，腕龍的頭部頂端豈不正好靠在崖壁上的洞穴前方嗎？

「來吧，佐羅力先生。這樣就爬得上來了吧。」波龍說。

「喔，這也太酷了吧？」

於是，佐羅力他們先順著腕龍骨架的尾巴爬上脊椎，再從脊椎爬上頸子，又從頸子爬到腦袋瓜上面。

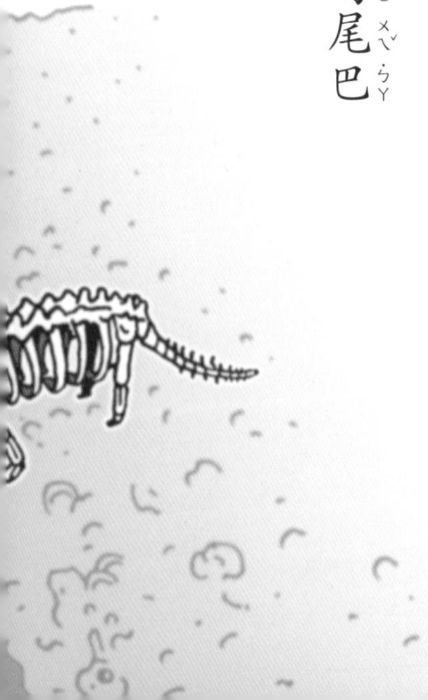

正當佐羅力要從頭骨的地方往洞穴的方向縱身一跳時……

佐羅力看見了一個他沒有料想到會看見的人，從洞穴上方的岩壁冒出頭來。

那個人正是鼠帝。

鼠帝是世界級的大盜賊，

對佐羅力來說也是相當強勁的對手。

「你怎麼會在這裡呢？」

「喂喂，我可是鼴鼠哇，

地下本來就是我們的地盤。

你這個問題

應該由我來問你才對吧。」

想要更加深入了解鼠帝的讀者，
請閱讀以下作品：

- 《怪傑佐羅力之名偵探登場》
- 《怪傑佐羅力之偷畫大盜》
- 《怪傑佐羅力之恐怖超快列車》
- 《怪傑佐羅力之好吃的金牌》

「唉，說來話長，總之我們是從很深的地底

好不容易才抵達了這裡。

「從這邊到地面距離還很遠嗎？」

佐羅力很擔心、很緊張的問鼠帝。

「不遠，你到洞穴後面去看看，

從那裡就能看到天空了。」

聽到鼠帝這麼回答，

佐羅力就大喊：

「什麼！」

然後急急忙忙的跑過去確認。

果然只要站在那個廣闊的鐘乳石洞裡抬頭一望，就能看見藍天。
各位地底人你們趕快來看哪，那就是天空。
想不到佐羅力他們洋洋得意的轉頭一看，卻發現跟他們來的地底人不知為何都緊閉雙眼倒臥在「大葛籠」後方的陰影裡。

他們就是地底人？
是啊，他們是我們在半路上認識的地底人。我建議他們一定要來感受地面的美好，最好可以考慮搬到地面上居住。
你多管什麼閒事啊！

鼠帝忍不住雙手抱著腦袋。

啪嚓
啪嚓
啪嚓
佐羅力，你給我好好聽清楚了。
對於我們居住在地底的鼴鼠來說，
都必須要戴上太陽眼鏡
才能勉強忍受刺眼的陽光。
更何況是像他們這樣
一直住在深深地底的人們，
你想想，
若是他們在突然間被陽光照到，
會怎樣呢？
那就好像在你眼前
有鎂光燈閃個不停似的，
一定很刺眼也很難受。
對地底人來說，
最適合居住的地方只有地底。
你要是還有良心的話，
就盡快讓他們
回到地底去吧。

佐羅力聽了鼠帝的話，
就急急忙忙的將地底人
帶回陽光照射不到的洞穴深處，
然後為自己的不小心
讓他們受到傷害深深道歉，
最後才與他們揮別。
等佐羅力三人
回到鐘乳石洞
一看——

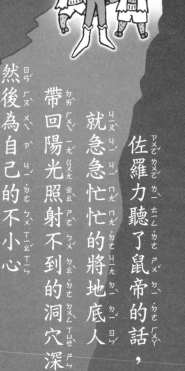

鼠帝正坐在「大葛籠」上面，對他們賊賊的笑著。

嘰吱吱吱。雖然能看到藍天，但是往上爬，前方等著你們的可全都是險峻的岩石啊。這個由地底人幫你們運來、看起來似乎很重要的「大葛籠」，裡面裝的是金銀財寶吧？接下來憑你們三個，運得了嗎？
所以，來談個條件吧。如果你們答應分我一些，我就用吊籃將這個「大葛籠」和你們三個一起吊上去。
不過呢，我還得找其他夥伴，還得準備搬運的器材，所以，如果我沒有得到「大葛籠」裡的三分之二財寶，可就不划算嘍。嘰吱吱吱。

鼠帝所說的沒錯，他們三個並沒有把握能將「大葛籠」扛回地面。

佐羅力想起他之前在地底明明拿到手、最後卻不得不放棄的那些寶石。

雖然不太甘心，但總比到最後什麼都沒有來得好。

而且，他們內心最大的渴望，就是想早一秒回到地面，於是佐羅力同意了鼠帝的條件。

佐羅力他們帶著「大葛籠」來到一塊從洞穴凸出去的巨大鐘乳石上，等待鼠帝將吊籃垂降下來。

回想起來，這一路真是艱險哪。能夠回到藍天之下，呼吸地面上的空氣，感受吹來的風，踏實的踩著地面繼續他們的旅程，這是他們三人多麼衷心的期盼哪！

不一會兒——

鼠帝答應提供的吊籃終於垂降下來。
只要搭乘吊籃就能很快的回到地面。
對於佐羅力三人來說，這個吊籃彷彿是能實踐他們心願、從天而降的禮物。

總算等到能夠返回地面的這一刻了。
佐羅力他們朝著吊籃伸出手——

嘎啦匡啷轟隆

四周居然開始劇烈搖晃。

難道是地底熔岩爆發了嗎？

由於這一陣突如其來的劇烈搖晃，

竟讓佐羅力他們所站的

鐘乳石出現裂縫，

轟的一聲突然從懸崖上整個斷裂了。

巨大的
鐘乳石，
就這樣
帶著
佐羅力他們
往下墜，
就好像被
吸入一個嘴巴張得大大
的黑洞裡。

佐羅力他們只能拚命抓緊，
想盡辦法不讓自己和「大葛籠」
從鐘乳石上掉落。
最後——

尖銳的鐘乳石彷彿纜繩斷裂的電梯般，
猛的往下墜，
並且將一路上碰到的岩石
全部一一撞穿、撞碎。

鐘乳石總算貫穿
最後一塊凸出的岩石，
終於在尖端刺進地面之後
靜止不動了。

佐羅力他們
因為這陣激烈的撞擊
而被甩了開來，

狠狠的

飛落

撞上地面。

「痛痛痛痛痛。」

伊豬豬和魯豬豬

好不容易抬起頭，

出現在他們眼前的，

竟然是

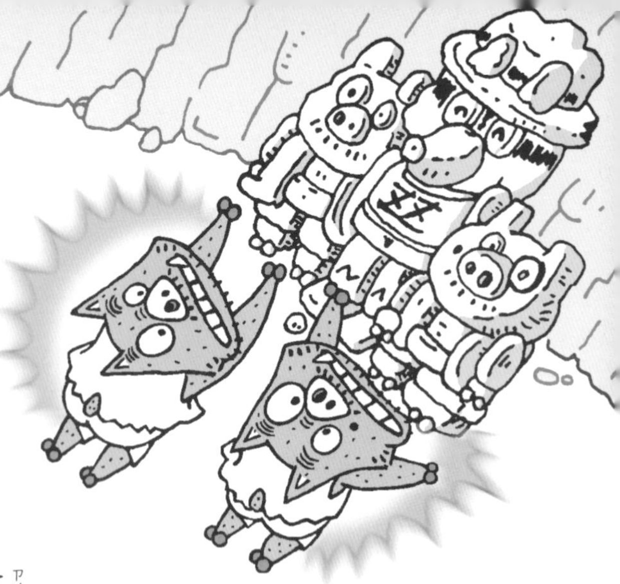

他們兩兄弟
為了紀念
到地底一遊，
所製作的
三人人形
作品。

那麼千辛萬苦的爬上岩壁，
原本只要再一會兒
就能抵達地面，

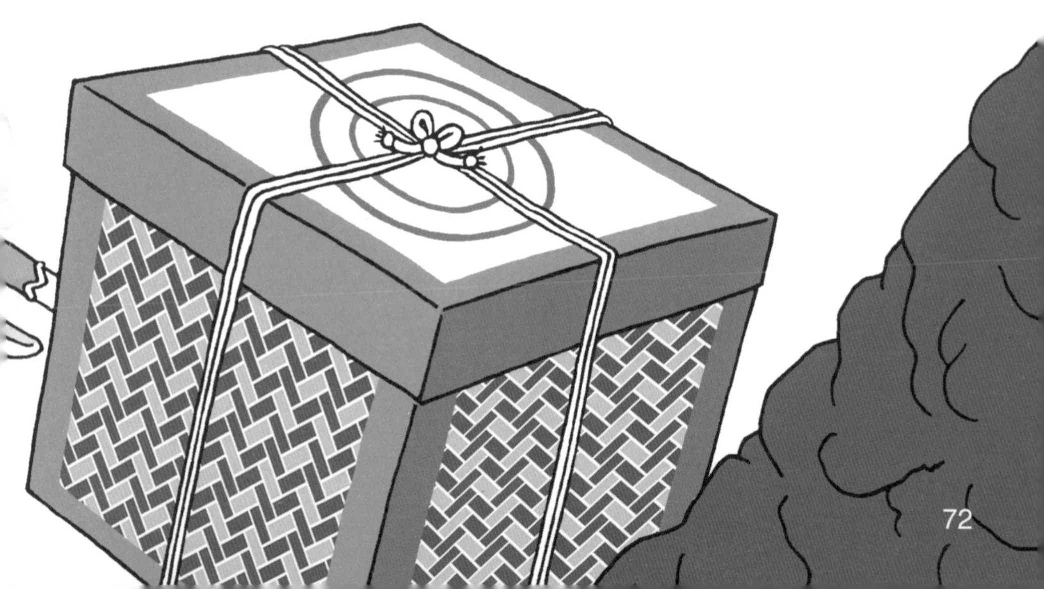

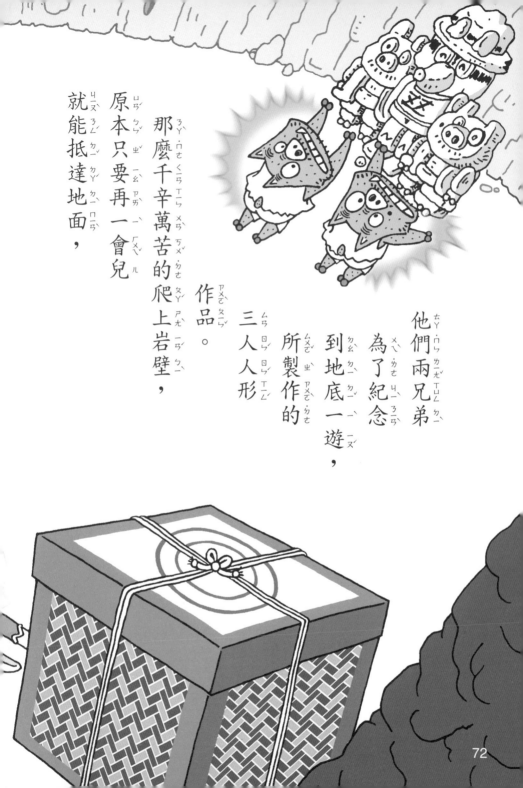

卻想不到會在一瞬間
又被迫回到
原來的廣場。
不，還不只如此呢。

在岩壁之間
還能看得到
佐羅力他們之前
所搭乘的潛水艇。
而且最大的問題——

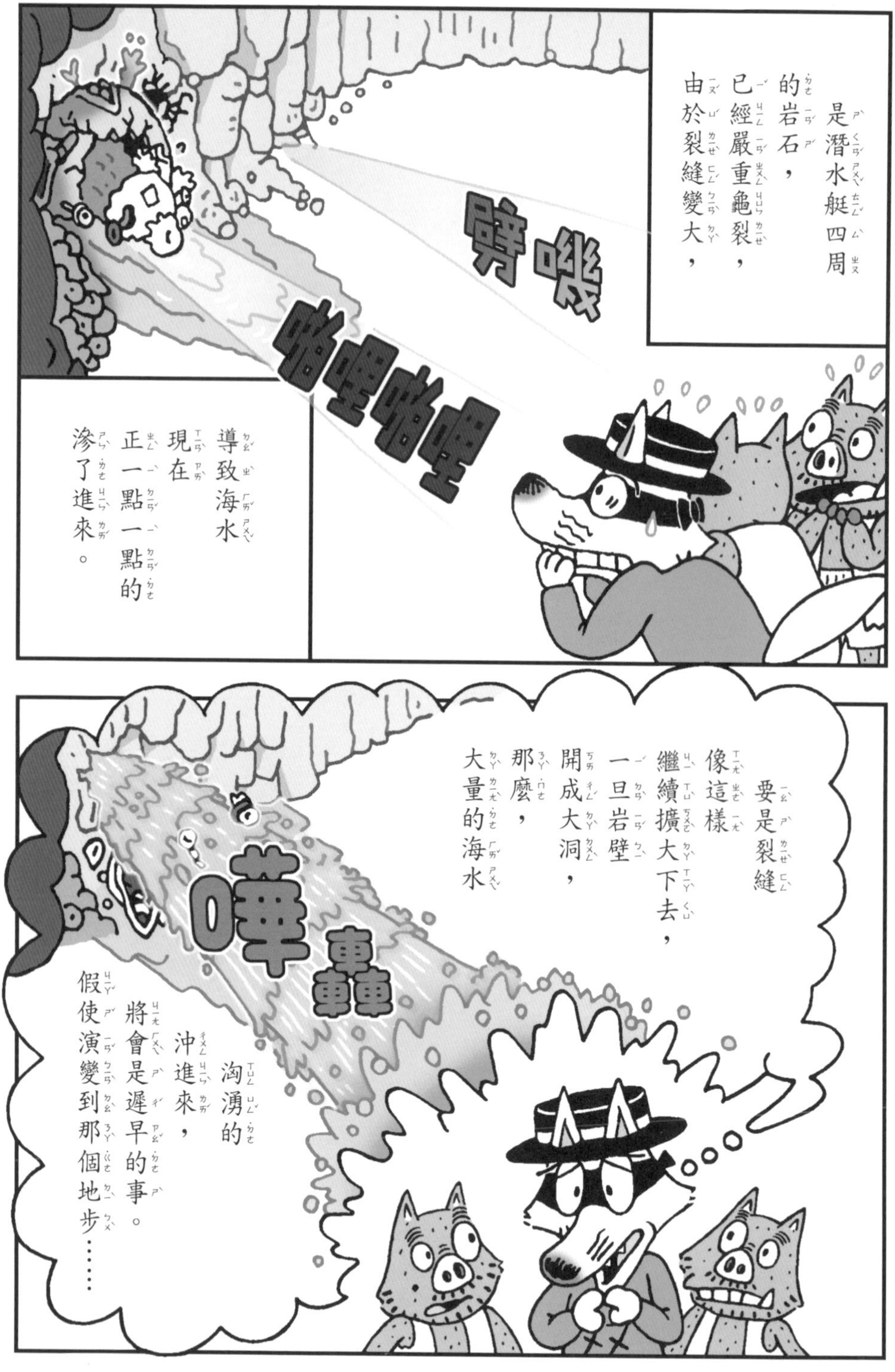
是潛水艇四周的岩石，已經嚴重龜裂，由於裂縫變大，
劈嘰
喀哩喀哩
導致海水現在正一點一點的滲了進來。
要是裂縫像這樣繼續擴大下去，一旦岩壁開成大洞，那麼，大量的海水
嘩
轟
洶湧的沖進來，將會是遲早的事。
假使演變到那個地步……

不止這裡有危險，
就連曾經
幫助過佐羅力三人的地底人，
他們的村莊，
也一定會
被海水吞沒。
而這些過錯，
全部都得
歸咎於
駕駛潛水艇
衝入地底的
佐羅力三人。

在這個裂縫
徹底變成
一個大洞之前，
能不能
找到辦法
堵住它呢？
就在這個時候，
佐羅力——
想起了
地底下那
沸騰的熔岩。
沒錯，
就是他們為了
撿寶石而跑進去的——

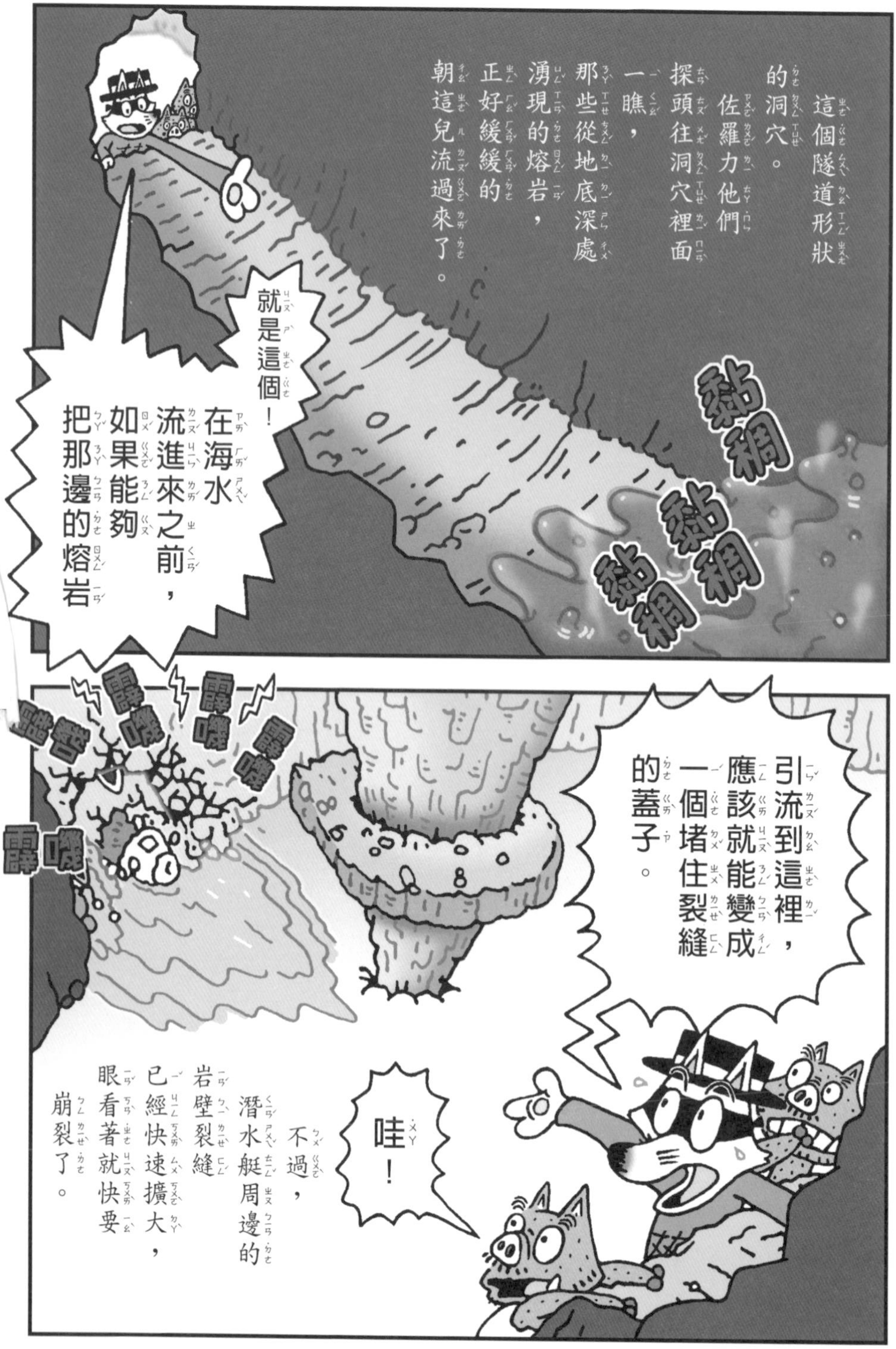
這個隧道形狀的洞穴。
佐羅力他們探頭往洞穴裡面一瞧，
那些從地底深處湧現的熔岩，
正好緩緩的朝這兒流過來了。
黏稠
黏稠
黏稠
就是這個！
在海水流進來之前，
如果能夠把那邊的熔岩
霹嚦
霹嚦
霹嚦
霹嚦
引流到這裡，應該就能變成一個堵住裂縫的蓋子。
哇！
不過，潛水艇周邊的岩壁裂縫已經快速擴大，眼看著就快要崩裂了。

要是大量的海水比熔岩更早流過來的話，那就擋不住了。到底要怎麼做，才能讓熔岩以更快的速度流進廣場裡呢？

「啊，已經沒時間再想了，伊豬豬、魯豬豬，馬上採取你們最擅長的作戰策略！」

佐羅力這麼一喊，

他們立刻在熔岩即將通過的隧道洞穴前面，放置好「大葛籠」。

接著，伊豬豬和魯豬豬則一人抓緊一條「大葛籠」的背帶，然後佐羅力說：

地下廣場的全景圖
鐘乳石
紀念人形作品
熔岩流過來的隧道洞穴
被刺穿的岩石
潛水艇

好了嗎？現在你們兩個以隧道洞穴的下方為目標，放出臭屁撞擊。
藉由臭屁的威力讓岩石碎裂開來，
嘎啦 嘎啦 嘎啦
嘎啦
噗滋
嘎啦
嘎啦 嘎啦
這樣，熔岩就會一鼓作氣流進廣場裡面。
黏稠 黏稠 黏稠 黏稠 黏稠
由於伊豬豬和魯豬豬在地底人的村莊裡吃了地瓜大餐，所以他們已經做好放屁的萬全準備。
等到熔岩流進廣場的時候這裡會很危險，所以，我們也要藉由臭屁的力道飛往——

那塊被鐘乳石刺穿的岩石上，來，奮力一搏吧——
噗啪——啪
沒想到，臭屁的衝擊力卻也使得潛水艇四周的裂縫擴大，
飛呀——

於是，從裂開的大洞中，大量海水有如萬馬奔騰的沖過來。

他們三人停靠在
插入地底靜止不動的岩石上，
屏氣凝神的等待著。
正如佐羅力的
作戰策略所預期，
被臭屁力道所擊碎的隧道洞穴，
有大量的熔岩
以大軍壓境的氣勢湧過來。

不過，
另一側沖過來的海水
也愈來愈洶湧的
奔騰而來。
「熔岩哪，
拜託了，
請將那個洞口
好好的堵住吧。」
佐羅力拚命在心裡
祈禱著。

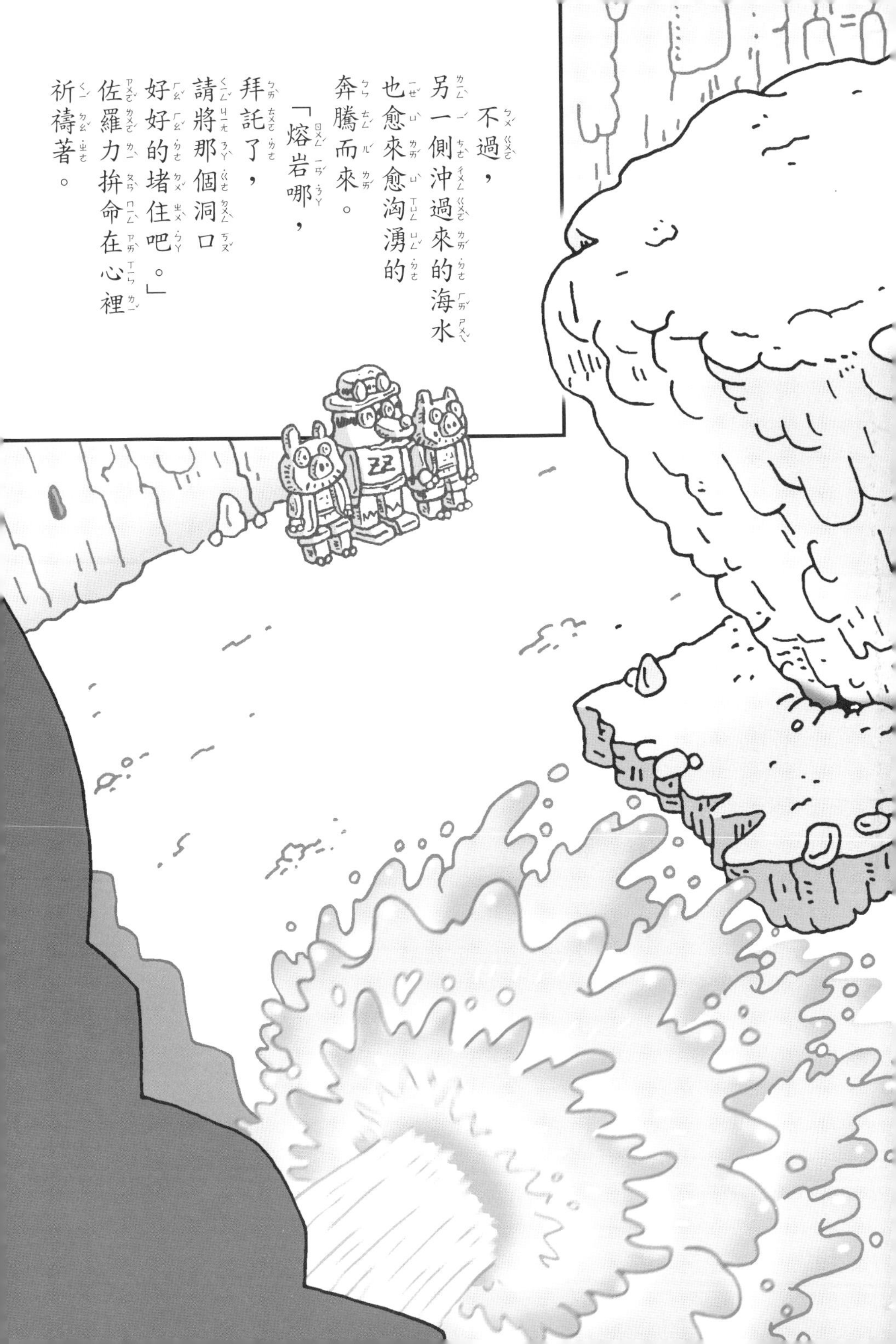

沸騰的熔岩
與冰冷的深海海水
在鐘乳石下方互相沖激，
形成了大量的水蒸氣，
以驚人的氣勢猛的往上噴。
有了這股力量，
將佐羅力他們所在的岩石用力往上頂，

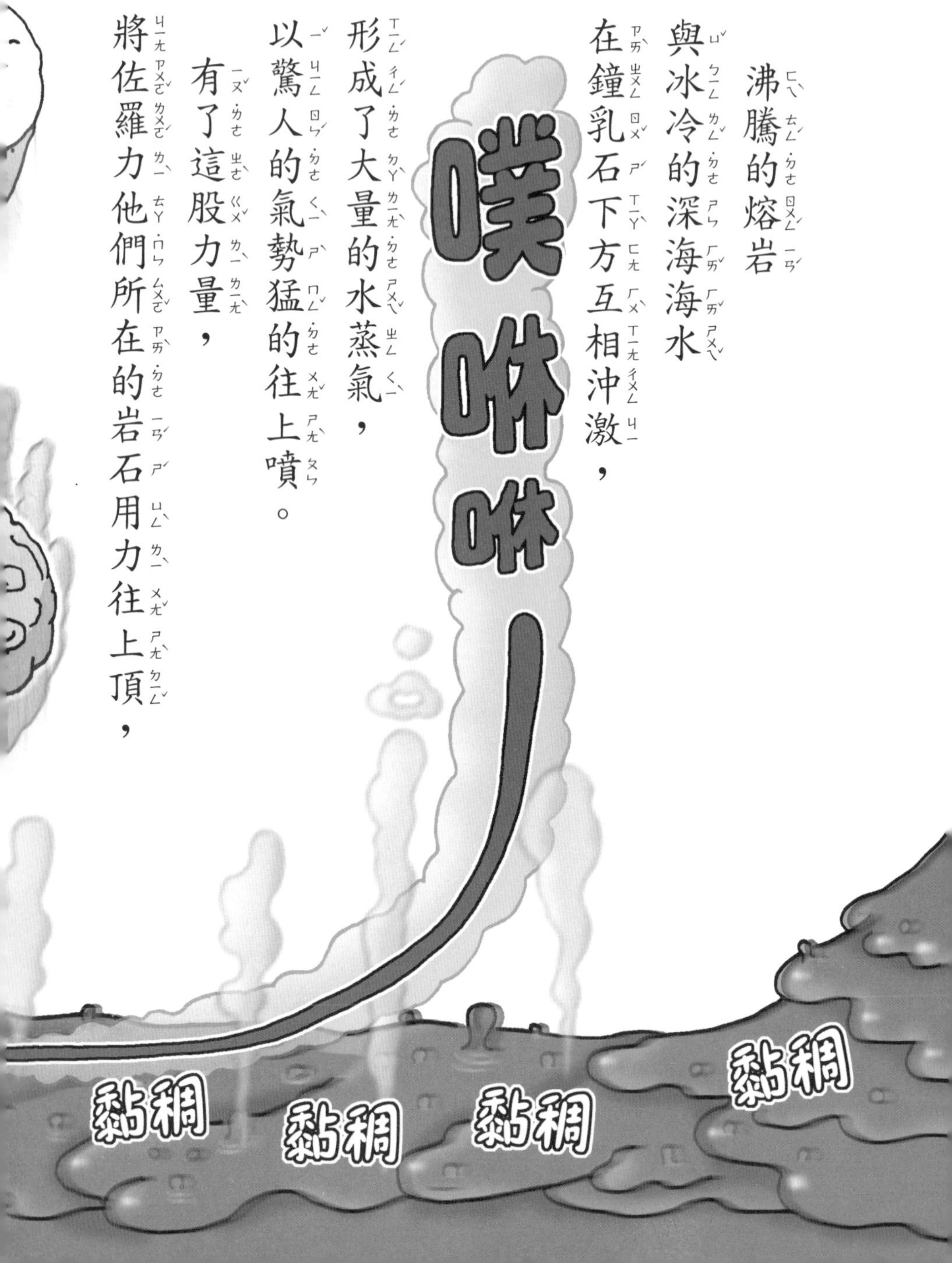

讓鐘乳石因此脫離了地面——

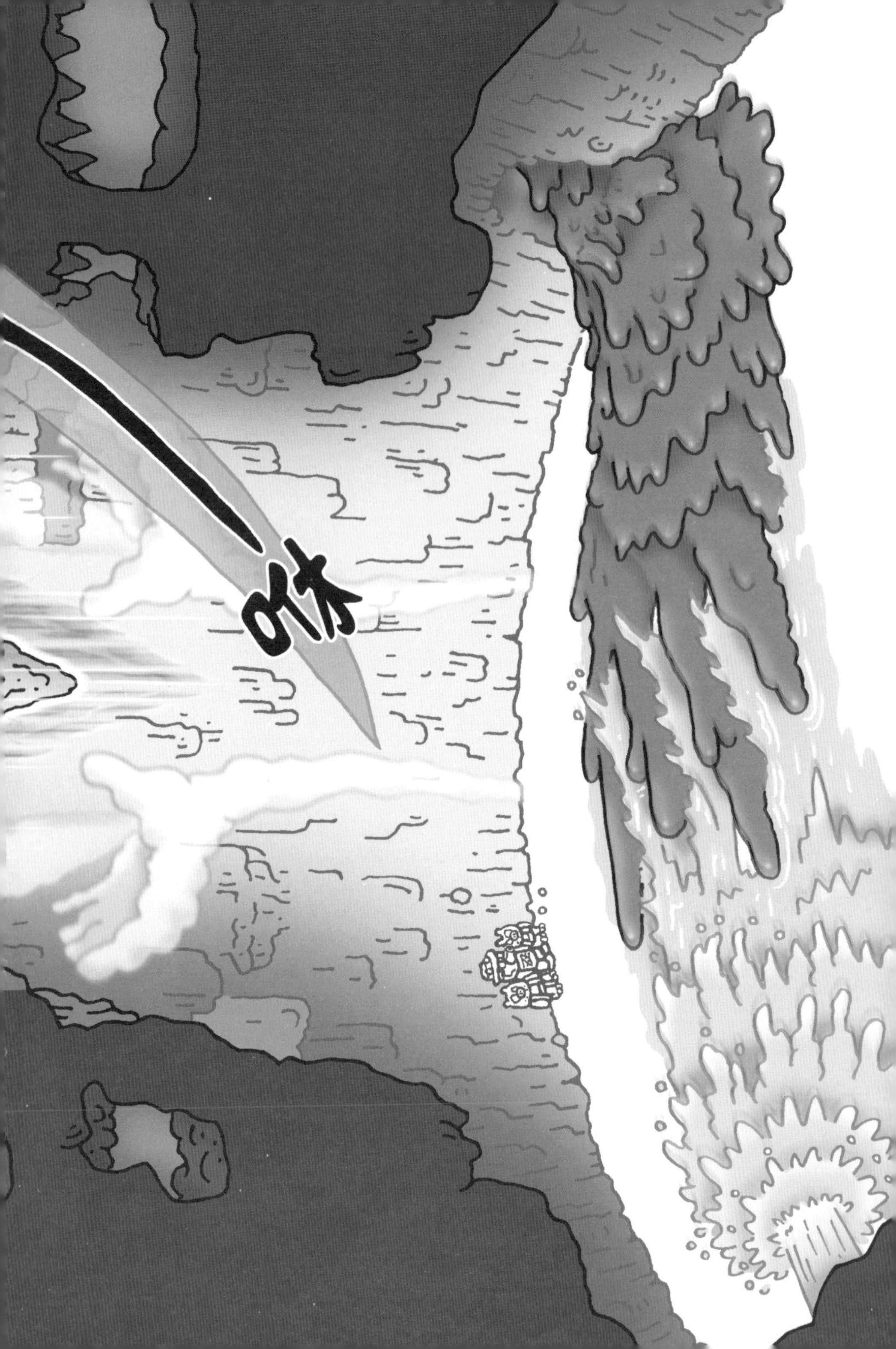
咻

往上直衝而去。水蒸氣的威力，簡直有如噴射機的噴射動力那樣強勁。

鐘乳石在落地時，已經將那些會造成阻礙的石頭全部都擊碎，所以在一路往上衝的過程中，完全都沒有障礙物阻擋，筆直的向上飛去——

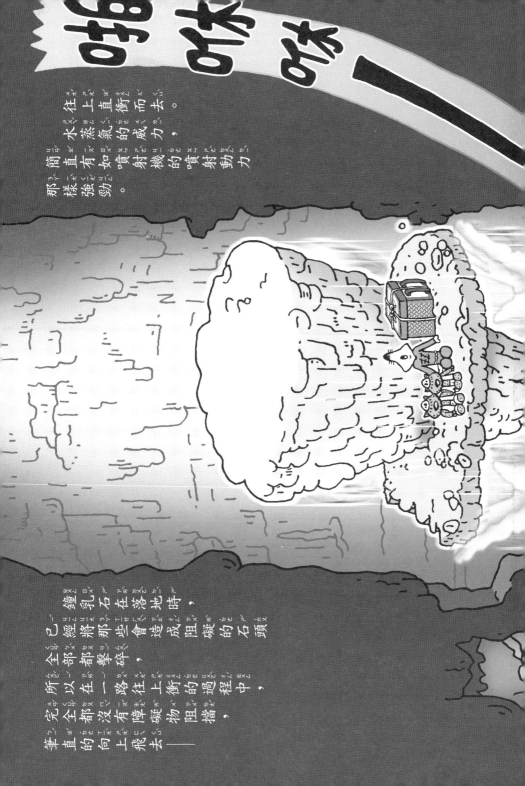

鐘乳石帶著佐羅力他們，在一瞬間往地面上直飛猛衝。

什麼！
他們幾個
居然沒搭吊籃上來。
嘰吱——！

而地面這兒，鼠帝原本帶著夥伴們守在洞口，卻因為一直等不到載著佐羅力和「大葛籠」的吊籃上升正感到焦慮不已。

就在這時——

佐羅力他們突然搭乘著鐘乳石現身，讓鼠帝看了暴跳如雷。

鐘乳石在空中劃出一道大大的弧線後，刺入山頂。佐羅力他們總算順利回到心心念念的地面上了。

伊豬豬和魯豬豬，感到非常開心，但是佐羅力卻仍然掛念著地底下的情形。

不知道那些熔岩有沒有順利的堵住那個破洞？
哇——回到地面了——

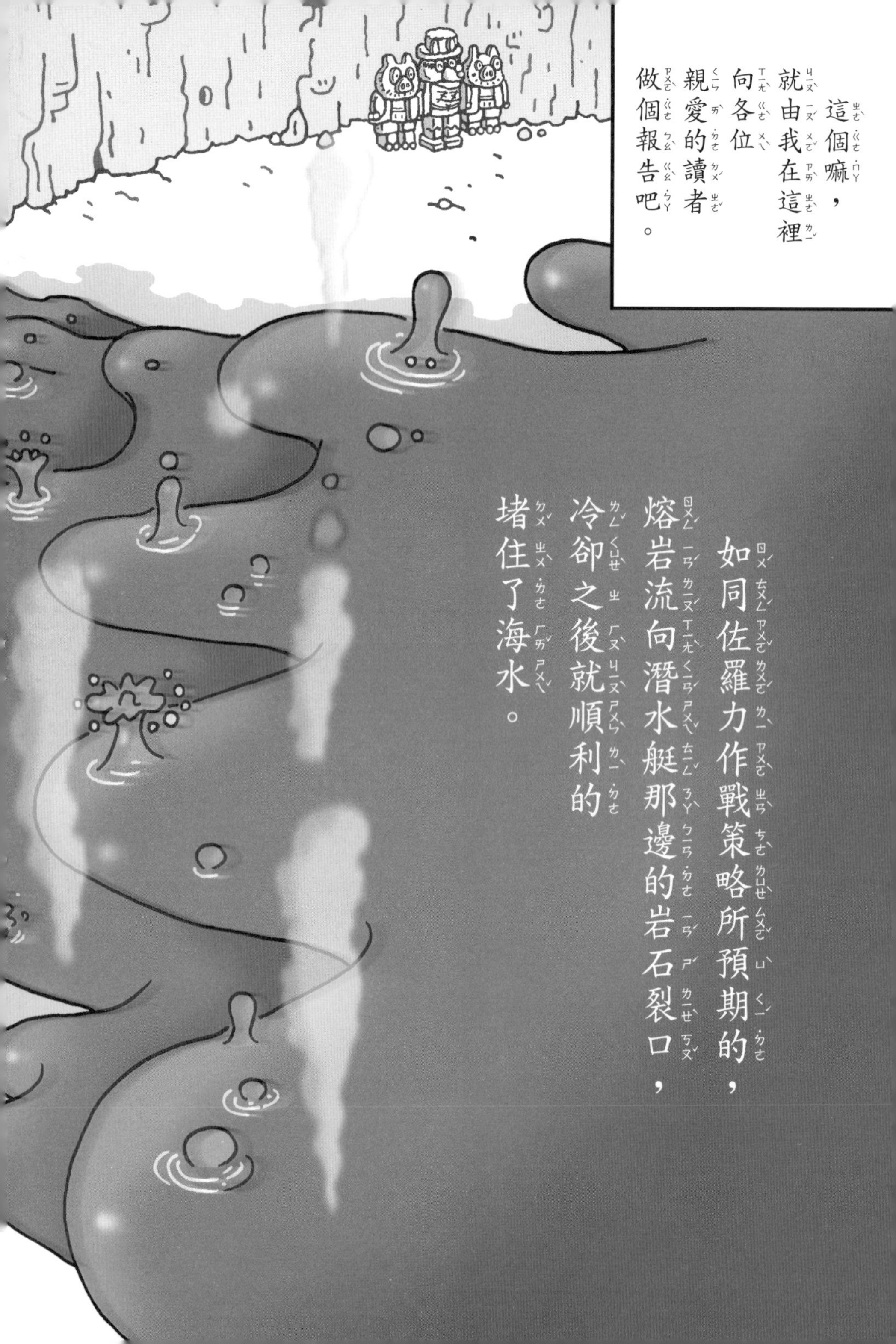
這個嘛，就由我在這裡向各位親愛的讀者做個報告吧。
如同佐羅力作戰策略所預期的，熔岩流向潛水艇那邊的岩石裂口，冷卻之後就順利的堵住了海水。

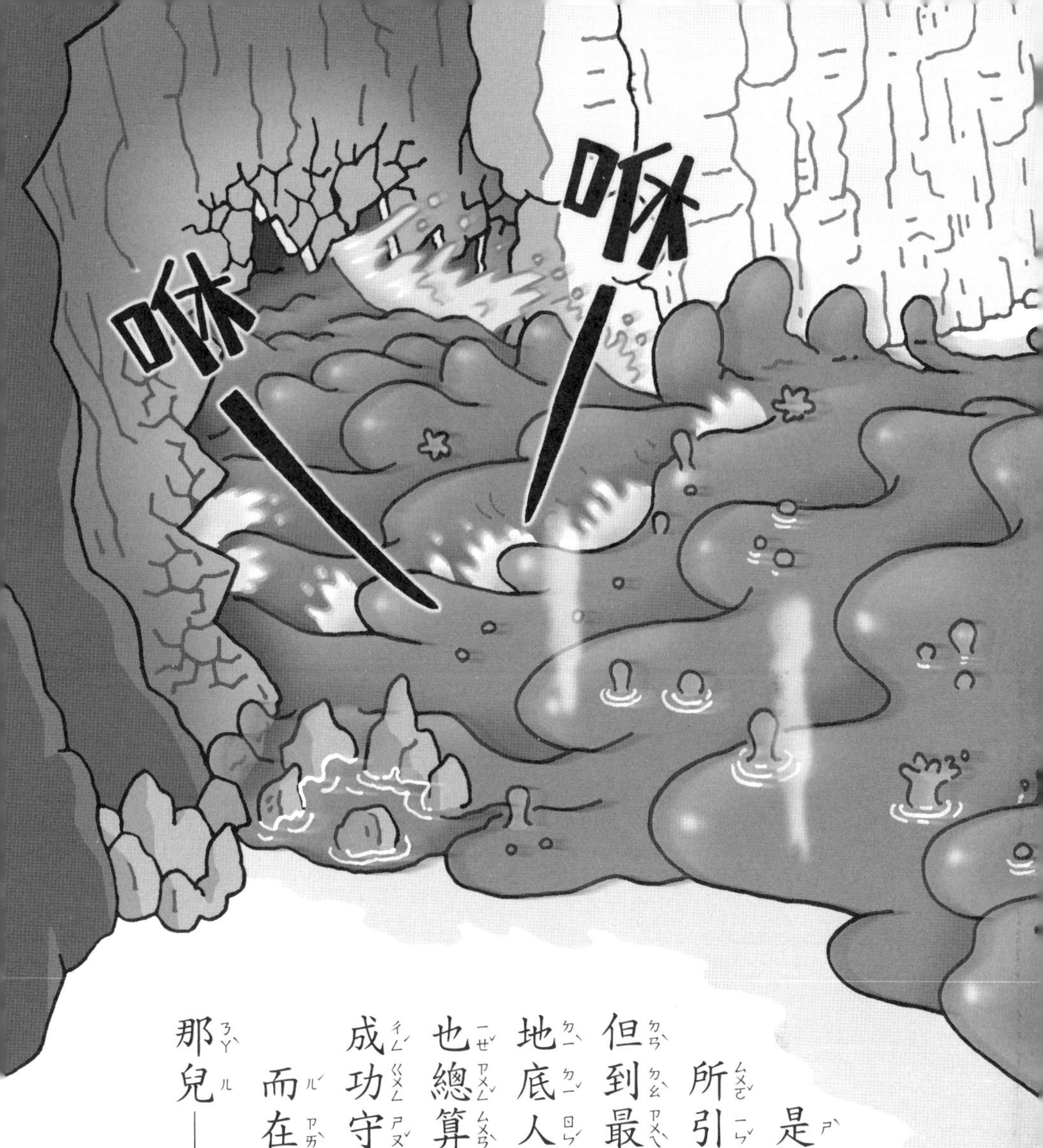

雖然災害
是佐羅力他們
所引起的，
但到最後，
地底人的村莊
也總算是
成功守護住了。
而在地面
那兒——

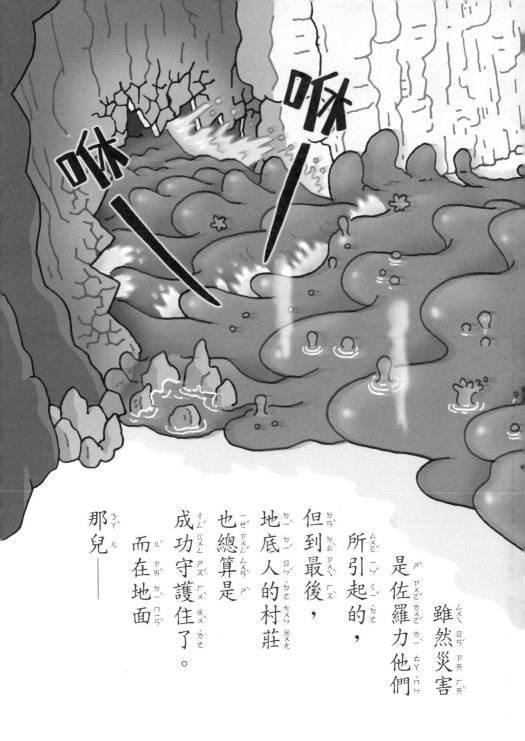

佐羅力和伊豬豬、魯豬豬從鐘乳石上一躍而下，他們三人一起為能回到地面而歡欣雀躍。

然而，最令他們開心的，就是順利的帶回這個「大葛籠」。

妖怪學校的老師曾經對他們拍胸脯保證「大葛籠」塞滿的金銀珠寶，即使拿去蓋幼兒園都還有剩。

說不定能蓋一座小城堡喔。

三個人各自做著美夢，
正想要將這個「大葛籠」打開時，

給我等一等——！

我要先去便利商店買一堆三角飯糰存起來。
我想要獨吞全部的哈密瓜麵包。

「你們沒使用我準備的吊籃，就這樣飛上來，真的很沒禮貌耶。這不是讓我們白白浪費了力氣嗎？」

鼠帝帶著同伴跑過來向佐羅力抱怨。

「真不好意思。不過，我們是靠著自己想出的方法回來的，

所以沒辦法
分財寶給你。
但是為了感謝諸位的協助，
就讓本大爺奉上
兩、三顆鑽石當謝禮吧。」
佐羅力一副了不起的樣子，
一邊說著，
一邊打開了
「大葛籠」。

啪咖
啊，是佐羅力大師——
原來是您前來拯救我們——
真的是感激不盡哪！
嘿耶！
這不就跟民間故事講的一樣嗎？

從裡頭跳出來的，
竟是一大群妖怪。
仔細一看，那些不正是
邀請佐羅力他們去挖掘
「大葛籠」的
妖怪們嗎？

而且，

連那個

一再強調

「『大葛籠』裡藏著妖怪，

是很久很久以前人們道聽塗說，

不能相信。」的妖怪學校的老師

也身在其中。

「這、這到底是怎麼一回事啊！」

佐羅力怒火中燒，瘋狂大爆發。

啊，佐羅力大師，請聽我細說分明。
我並沒有說謊。
請您一定要相信，
起初這個「大葛籠」
裡面確實塞滿了金銀珠寶。

妖怪學校的老師開始向大家說明解釋。

①

我們與佐羅力大師分手後，
一直持續在挖掘，
終於在很深很深的地底下
挖到了「大葛籠」和「小葛籠」。
我們當然絲毫不猶豫的
打算帶走「大葛籠」，
就在這時，一群突然出現的
地底人大聲叫喊著
「小偷」，

這樣的行為確實是小偷哇。

②
然後，
就把我們
抓起來。
那些地底人把
「大葛籠」
裡面的金銀珠寶
全部拿出來，
最後將我們
關進去。
③
就在我們以爲
會被拘禁在這個
放置於倉庫深處的
「大葛籠」裡一輩子，
再也不出來，
因此感到
悲從中來的時候，
佐羅力大師
您就將我們
拯救出來了呀。

妖怪們一起把佐羅力給團團圍住，熱烈的向他道謝。這麼一來，佐羅力當然無法繼續生氣下去啦。
好啦，好啦，總之可以把你們救出來，就算是幸福快樂的結局啦。
佐羅力大師你就是我們的神哪。
嗚哇，真的是感激涕零。
我真的超尊敬您的。
佐羅力大師真是一個超棒的人。
啊啊，果然三角飯糰和哈密瓜麵包的美夢全都破碎了。
不過如果沒有救出他們，以後就不能再遇見妖怪學校的老師，那會讓人很悲傷的。

看來，不管是珠寶盒或是「大葛籠」，民間故事傳說好像都不是亂編的。
人生在世，說不定在某個時刻就可能會突然挖到寶。本大爺可是這麼深信著喔。
每一次遭遇困境，都是您拯救了我們。
嘰吱。哪來什麼寶？根本就是徒勞無功、白費工夫！這次又被佐羅力那個傢伙給騙了。如果還有下次的話，我一定要報仇雪恨。給我好好記住！
我要一直追隨著您。
佐羅力他們從不曾像現在一樣，覺得沐浴在陽光下，能夠踏踏實實踩著土地，是如此幸福。接下來，他們也將一步一步好好的繼續他們未完的旅程嘍。

作者簡介

原裕 Yutaka Hara

一九五三年出生於日本熊本縣，一九七四年獲得KFS創作比賽「講談社兒童圖書獎」，主要作品有《小小的森林》、《手套火箭的宇宙探險》、《寶貝木屐》、《小噗出門買東西》、《我也能變得和爸爸一樣嗎？》、【輕飄飄的巧克力島】系列、【膽小的鬼怪】系列、【菠菜人】系列、【怪傑佐羅力】系列、【鬼怪尤太】系列、【魔法的禮物】系列等。

譯者簡介

周姚萍

兒童文學創作者、譯者。著有《我的名字叫希望》、《山城之夏》、《妖精老屋》、《魔法豬鼻子》等作品。譯有《大頭妹》、《四個第一次》、《班上養了一頭牛》、《那記憶中如神話般的時光》等書籍。曾獲「文化部金鼎獎優良圖書推薦獎」、「聯合報讀書人最佳童書獎」、「幼獅青少年文學獎」、「國立編譯館優良漫畫編寫」、「九歌年度童話獎」、「好書大家讀年度好書」、「小綠芽獎」等獎項。